Ingrid Uebe

Leselöwen Vampirgeschichten

Mit Zeichnungen
von Hilda Kellermann-Rietl

Loewe

Die Deutsche Bibliothek – CIP-Einheitsaufnahme

Uebe, Ingrid:
Leselöwen-Vampirgeschichten/Ingrid Uebe.
4. Aufl. – Bindlach: Loewe, 1991
(Leselöwen)
ISBN 3-7855-2121-9

ISBN 3-7855-2121-9 – 4. Auflage 1991

Umschlagkonzeption: Kirsch & Korn
Umschlagzeichnung: Hilda Kellermann-Rietl
Satz: Fotosatz Leingärtner, Nabburg
Gesamtherstellung: Offizin Andersen
Nexö GmbH, Leipzig
Printed in Germany

Inhalt

Was man über Vampire wissen muß

- Vampire schlafen bei Tag (am liebsten in Särgen) und stehen erst auf, wenn es dunkel ist.
- Sie haben lange scharfe Eckzähne. Damit beißen sie ahnungslose Menschen (manchmal auch Tiere). Anschließend saugen sie ihnen das Blut aus.
- Wer von ihnen gebissen wurde, wird auch ein Vampir.
- Sie können sich in Fledermäuse oder in Wölfe verwandeln.
- Sie fürchten dreierlei: Kreuz, Knoblauch und Sonnenlicht. Wenn man das weiß, muß man keine Angst vor ihnen haben.

Willi Vampir

Es war eine helle Mondnacht. Die Kirchturmuhr hatte eben elf geschlagen. Aber Willi Vampir wollte nicht wach werden. Mutter Vampir rüttelte ihn an der Schulter.

„Aufstehen, Willi!“ rief sie. „Die Nacht ist kurz, und wir haben noch einen weiten Weg vor uns.“

Vater Vampir stand vor dem Spiegel und putzte sich die Zähne: hin und her und auf und ab. Ein Vampir muß seine Zähne besonders gut pflegen.

Endlich schlug Willi Vampir mühsam die Augen auf.

„Keine Nacht kann man richtig ausschlafen!“ sagte er mürrisch. „Immer wenn ich am schönsten träume, muß ich aufstehen.“

„Hast du denn keinen Hunger?“ fragte die Mutter. „Mir knurrt schon der Magen.“

„Doch, Hunger habe ich schon“, antwortete Willi Vampir und leckte sich die Lippen. „Am liebsten möchte ich Bohneneintopf mit Speck.“

„Wie kommst du denn darauf?“ wollte die Mutter wissen.

„Da, wo wir gestern waren, stand welcher auf dem Herd“, sagte Willi Vampir. „Mhm, wirklich sehr, sehr lecker!“

„Nun mach schon, daß du aus dem Sarg kommst!“ befahl der Vater. „Heute nacht fliegen wir noch zum Schloß hinter den Bergen.“

„Oh, fein!“ sagte die Mutter. „Oben im Turm ist ein Fenster entzwei. Da können wir bequem einsteigen.“

„Es ist weit bis dahin“, seufzte Willi Vampir. Er setzte sich auf und gähnte.

Der Vater schüttelte den Kopf. „Es gefällt mir gar nicht, daß der Junge immer noch seine Milchzähne hat“, sagte er. „Ich möchte wohl wissen, wann er endlich so schöne scharfe Eckzähne kriegt wie wir.“

„Das kommt schon noch“, meinte die Mutter. „Willi ist eben ein Spätentwickler.“

„Hoffentlich ist er nicht aus der Art geschlagen“, sagte der Vater düster.

Bald darauf flogen Vater, Mutter und Willi Vampir auf Fledermausflügeln den Bergen entgegen. Kurz nach Mitternacht erreichten sie das Schloß. Sie fanden das zerbrochene Fenster im Turm und kletterten lautlos hinein.

„Haltet euch dicht hinter mir!“ flüsterte Vater Vampir. „Ich kenne den Weg.“

Zuerst ging es eine Wendeltreppe hinunter und dann einen langen Gang entlang. Am Ende war ein Fenster, durch das der Mond schien.

Vater und Mutter Vampir drehten sich um. Willi Vampir war nicht da. Der Vater knurrte vor Zorn. Die Mutter zischte empört

wie eine Schlange. Beide waren sehr hungrig und durstig. Doch sie beschlossen, zuerst nach Willi zu suchen.

Sie suchten die ganze Nacht, aber ihren Sohn fanden sie nicht. Der Himmel wurde im Osten schon hell.

„Wir müssen heim!“ sagte Vater Vampir. „Vielleicht ist Willi bereits zurückgeflogen. Vielleicht liegt er schon in seinem Sarg.“

Die Eltern verschnauften noch einen Augenblick auf der Schloßmauer. Da sahen sie, wie sich im Gras vor dem Gärtnerhaus etwas bewegte.

„Ein Kaninchen!“ vermutete die Mutter. „Fangen wir es! Ein Kaninchen ist besser als gar nichts.“

Aber es war kein Kaninchen. Es war Willi Vampir. Er kam zu Fuß durch den Garten und kaute an einer Tomate.

„Das kann doch nicht wahr sein!“ rief Vater Vampir und flatterte eilig hinüber. Mutter Vampir folgte ihm. Beide schimpften ihren Sohn gewaltig aus, aber der lachte nur.

„Ich habe den Gärtner besucht“, sagte er. „Er hat mir von sich erzählt. Er ist sehr nett.“

„Hast du ihn . . .?“ fragte der Vater.

„Nein!“ antwortete Willi Vampir. „Er hat mir Tomaten geschenkt. Sie schmecken wunderbar.“

Seine Eltern sahen ihn fassungslos an.

„Wenn ich groß bin, werde ich Gärtner!“ erklärte Willi Vampir. „Das ist ein schöner Beruf und ein herrliches Leben. Man schläft die ganze Nacht, bis die Sonne aufgeht.

Man liegt in einem warmen Bett und nicht in einem kalten Sarg. Man erntet Spinat, Tomaten und Bohnen. Es ist genau das richtige für mich."

Vater und Mutter Vampir versuchten alles, um ihren Sohn von seinem Plan abzubringen. Sie flogen mit ihm nach Hause und redeten drei Nächte hindurch auf ihn ein. Sie aßen nicht, sie tranken nicht, und beim Morgengrauen sanken sie erschöpft in ihre Särge.

„So geht das nicht weiter!" sagte Vater Vampir endlich. „Wir müssen etwas tun, wenn wir nicht alle drei ein schlimmes Ende nehmen sollen."

Da machten sie sich in der vierten Nacht auf und flogen zum Schloß. Vor dem Gärtnerhaus ließen sie sich nieder und klopften an die Tür.

Der Gärtner öffnete und erschrak. Vor Willi Vampir fürchtete er sich nicht, aber dessen Eltern machten ihm angst.

„Schon gut, mein Freund!" sagte Vater Vampir. „Wir sind nur gekommen, um unseren Sohn bei dir in die Lehre zu geben. Er hat es sich in den Kopf gesetzt, Gärtner zu werden wie du."

„Oha!" rief der Gärtner erstaunt.

„Die Trennung fällt uns nicht leicht", sagte der Vater. „Aber wenn Willi bei dir glücklicher ist als bei uns, müssen wir uns wohl damit abfinden."

„Ich werde bestimmt gut auf ihn aufpassen", versprach der Gärtner. „Morgen will ich Knoblauch ernten. Da kann er mir helfen."

Willi Vampir klatschte erfreut in die Hände und ließ sich ins Haus führen. Seine Eltern aber breiteten ihre Flügel aus und flogen schnuppernd und schnüffelnd davon.

Der Onkel aus Vampirien

Am Dienstag bekam die Familie Mühlmann ein Telegramm. Das lautete:

Ankomme Mittwochabend neun Uhr.
Freue mich schon.
Euer Onkel Olaf aus Vampirien.

Die Familienmitglieder sahen sich alle erstaunt an.

Herr und Frau Mühlmann hatten fünf Kinder: die große Tochter Anna, die mittleren Söhne Otto und Ede und die kleinen Zwillinge Paul und Paulinchen.

Dann war da noch die alte Tante Klara. Die führte der Familie den Haushalt. Sie war einerseits sehr beliebt. Denn sie kochte vortrefflich. Andererseits war sie sehr unbeliebt. Denn sie schimpfte zuviel. Sie schimpfte mit den Kindern, weil sie so viel Schmutz ins Haus trugen. Sie schimpfte mit Herrn Mühlmann, weil er so viel rauchte. Sie schimpfte mit Frau Mühlmann, weil sie so viel telefonierte.

Jetzt hatte die Familie Mühlmann also ein Telegramm bekommen. Keiner kannte den Absender.

„Wer ist Onkel Olaf?“ fragte Herr Mühlmann.

„Wo liegt Vampirien?“ fragte Frau Mühlmann.

„Besuch haben wir gern“, sagten die Kinder. „Hoffentlich ist der Onkel lustig!“

„Noch ein Esser mehr“, murrte Tante Klara. „Ein Glück, daß er erst nach dem Abendbrot kommt.“

Am nächsten Abend um neun klingelte es an der Tür. Herr Mühlmann ging öffnen. Draußen stand ein langer, dünner Mann mit blassem Gesicht und dunklem Bart. Er trug einen schwarzen Hut und einen schwarzen Mantel. Das war also Onkel Olaf aus Vampirien!

Er kam herein und schüttelte allen die Hand. Nur Frau Mühlmann küßte er auf beide Wangen. Ja, er legte den Kopf sogar einen Augenblick auf ihre Schulter.

„Tu nicht so fremd!“ sagte er, als Frau Mühlmann zurückfuhr. „Ich bin schließlich der jüngste Bruder deiner Großtante Ida. Erinnerst du dich nicht?“

Frau Mühlmann schüttelte den Kopf. Den Rest des Abends war sie bleich und still. Sie sagte bald gute Nacht und ging schlafen.

„Ich bin auch müde", sagte Onkel Olaf. „Die Reise hat mich angestrengt. Ich möchte übrigens gern im Keller schlafen, wenn es keine Mühe macht."

Tante Klara murrte ein wenig. Aber dann holte sie das Bettzeug. Onkel Olaf verschwand damit im Keller. Er war wohl tatsächlich sehr müde. Denn er schlief auch noch den ganzen nächsten Tag hindurch.

Mit Frau Mühlmann ging es seltsamerweise genauso. Sie schlief und schlief. Niemand konnte sie wecken. Sie knurrte im Schlaf, wenn jemand die Vorhänge aufziehen wollte.

Erst beim Abendbrot trafen sich alle wieder.

Frau Mühlmann umarmte Herrn Mühlmann und sagte: „Wie schön, dich zu sehen, mein Schatz."

„Das hättest du früher haben können", antwortete Herr Mühlmann.

Frau Mühlmann küßte ihn auf beide Wangen. Dann legte sie den Kopf auf seine Schulter. Herr Mühlmann zuckte ein wenig zusammen.

Onkel Olaf umarmte die große Tochter Anna. Er sagte: „Ich sehe erst heute, wie schön du bist!"

Anna hörte das gern. Aber daß Onkel Olaf sie küßte, mochte sie nicht. Und als er seinen Kopf gar auf ihre Schulter legte, schüttelte sie sich.

Für den Rest des Abends waren Herr Mühlmann und Anna bleich und still. Sie sagten bald gute Nacht und gingen schlafen.

Sie wurden auch am nächsten Morgen nicht wach. Sie schliefen den ganzen Tag hindurch – genau wie Frau Mühlmann und Onkel Olaf.

Beim Abendbrot war dann allerhand los.

Onkel Olaf umarmte Otto.

Frau Mühlmann umarmte Ede.

Herr Mühlmann umarmte Paul.

Anna umarmte Paulinchen.

Nur die alte Tante Klara blieb ungeküßt. Sie schüttelte den Kopf und räumte den Tisch ab. Alle andern waren schon schlafen gegangen.

Am nächsten Tag setzte Tante Klara sich in den Garten. Sie legte die Hände in den Schoß. Im Haus gab es nicht viel zu tun. Alle schliefen. Sie standen erst zum Abendbrot auf. Diesmal gab es keine Umarmungen.

„Ich reise heute ab“, sagte Onkel Olaf. „Wer Lust hat, kann mit nach Vampirien kommen.“

„Ja, wir haben Lust!“ riefen alle.

„Ich habe auch Lust!“ rief Tante Klara.

Onkel Olaf schüttelte den Kopf. „Nach Vampirien dürfen nur Vampire.“

„Sind denn die andern Vampire?“ fragte Tante Klara.

„Ja sicher!“ sagte Onkel Olaf. „Hast du das nicht gemerkt?“

„Ich will aber nicht allein hierbleiben“,

jammerte Tante Klara. „Und ihr braucht auch in Vampirien jemand, der euch den Haushalt führt."

„Dann mußt du eben ein Vampir werden", sagte Onkel Olaf.

„Ich bitte darum!“ antwortete Tante Klara.

Onkel Olaf blickte in die Runde. „Einer von uns muß Tante Klara umarmen und küssen.“

Herr und Frau Mühlmann wollten nicht. Auch die Kinder hatten keine Lust.

„Na gut!“ seufzte Onkel Olaf. „Ich sehe schon, es bleibt an mir hängen. Immerhin habe ich die meiste Übung.“

Er nahm Tante Klara in den Arm. Er küßte sie auf beide Wangen. Er legte seinen Kopf auf ihre Schulter.

Die alte Tante Klara kicherte. „Dein Bart kitzelt so!“ sagte sie.

„Also dann auf nach Vampirien!“ rief Onkel Olaf. Sie verließen das Haus. Wie auf Flügeln der Nacht rauschten sie alle davon. Der Familie Mühlmann mitsamt der alten Tante Klara gefiel es in Vampirien sehr gut. Aber am besten gefiel es ihnen, daß sie alle zusammen waren.

Hansi Nagezahn

Im Wald lebte ein Eichhörnchen mit Namen Hansi Nagezahn. Es war ein munteres Kerlchen und machte seinen Eltern viel Freude. Es flitzte die höchsten Bäume hinauf. Es knackte die härtesten Nüsse. Seine Zähne waren spitz und scharf. Kein anderes Eichhörnchen hatte so spitze und scharfe Zähne wie Hansi Nagezahn.

Eines Abends war Hansi noch spät unterwegs. Er hockte im Wipfel einer hohen Tanne und sah zu, wie der Mond aufging. Dabei belauschte er zwei Fledermäuse. Die hingen mit den Köpfen nach unten an einem Ast. Sie sprachen über Vampire.

„Alle Welt fürchtet sich vor Vampiren“, sagte die eine.

Die andere fügte hinzu: „Ja, alle Welt fürchtet sich vor ihren spitzen, scharfen Zähnen.“

Hansi Nagezahn wurde ganz neugierig.

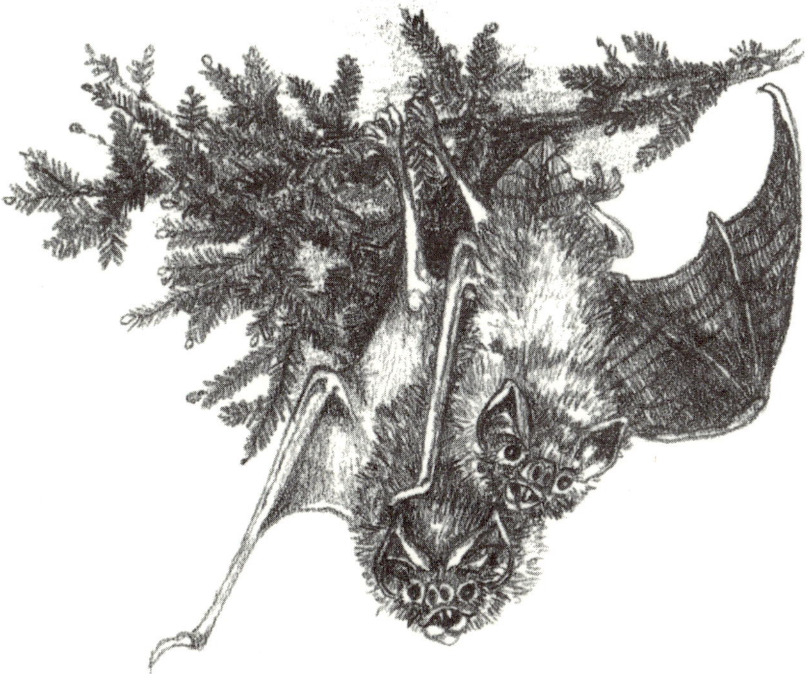

Als die Fledermäuse schwiegen, huschte er zu ihnen hinüber. Er fragte: „Warum fürchtet sich alle Welt vor den spitzen, scharfen Zähnen der Vampire?“

„Sie beißen damit“, antwortete die eine Fledermaus.

„Aber wen beißen sie?“ wollte Hansi wissen.

„Am liebsten beißen sie Menschen“, erwiderte die andere Fledermaus, „aber manchmal auch Tiere.“

„Und dann?“ fragte Hansi.

„Dann saugen sie ihnen das Blut aus“, sagten beide Fledermäuse gleichzeitig.

„Aha!“ rief Hansi. „Also deshalb fürchtet sich alle Welt vor den spitzen, scharfen Zähnen der Vampire!“

Die Fledermäuse nickten. Das war gar nicht so einfach, weil ihre Köpfe ja nach unten hingen.

Hansi Nagezahn lief nach Hause. Seine Eltern hatten schon auf ihn gewartet. Er kuschelte sich zwischen sie und sagte: „Wenn ich groß bin, werde ich Vampir. Ich habe genau die richtigen Zähne dazu.“

„Aber warum willst du Vampir werden?“ fragte der Vater.

„Eichhörnchen sind klein und schwach und laufen vor allem davon“, sagte Hansi. „Aber Vampire sind groß und stark und machen, daß die andern davonlaufen. Das gefällt mir.“

In den nächsten Tagen und Wochen tat er alles, um seine Zähne noch spitzer und schärfer zu machen. Er holte sogar einen

Kieselstein aus dem Bach. Damit schliff er seine Zähne jeden Abend.

Endlich war Hansi Nagezahn so groß wie Vater und Mutter. Da richtete er sich in einem hohlen Baum eine eigene Wohnung ein. Dort lebte er ganz allein.

Er sagte: „Ich bin jetzt ein Vampir!“ Dann legte er sich auf die Lauer und wartete, daß sich alle Welt vor ihm fürchtete.

Zuerst kam Kurt, das Kaninchen, vorbei. Aber Hansi kannte Kurt schon von klein auf. Er hatte überhaupt keine Lust, ihn zu beißen.

Dann kam der Förster vorbei. Dem zeigte Hansi für alle Fälle seine spitzen, scharfen Zähne. Der Förster griff in die Tasche und hielt ihm eine Nuß hin. Hansi nahm und knackte sie. Im Augenblick hatte er keinen Appetit auf Menschenblut.

Schließlich kam ein Eichhörnchen vorbei. Es war ein Mädchen und so niedlich, wie Hansi noch keins gesehen hatte.

„Ich heiße Kiki“, sagte das Mädchen. „Und du?“

„Ich heiße Hansi", antwortete er, „und ich bin ein Vampir."

„Huuh!" machte Kiki und wollte davonlaufen.

„Nein, bleib doch!" rief Hansi erschrocken. „Du sollst dich nicht vor mir fürchten. Ich bin eigentlich gar kein Vampir. Das habe ich nur so gesagt."

„Bestimmt?" fragte Kiki. „Aber du hast wirklich sehr spitze, scharfe Zähne."

„Die brauche ich nur zum Nüsse-knacken", sagte Hansi. „Warte! Ich werde es dir zeigen."

Er huschte in seine Vorratskammer und holte die schönsten Nüsse, die er finden konnte. Blitzschnell knackte er sie und gab Kiki die süßen Kerne.

Da glaubte sie ihm. Sie zog zu ihm in den hohlen Baum und ging nie wieder fort. Sie bekamen drei Kinder. Hansi Nagezahn zeigte ihnen, wie man Nüsse knackt. Er behauptete nie wieder, ein Vampir zu sein.

Der stumme Bräutigam

Ein Stück hinter dem Dorf lag ein altes, prächtiges Schloß. Darin wohnte ein Graf. Der war alt und grau. Die Leute fanden ihn seltsam. Bei Tag ließ er sich nicht sehen. Aber am Abend ritt er ins Dorf. Er band sein Pferd auf dem Marktplatz an einen Baum und ging ins Wirtshaus. Dort setzte er sich in die dunkelste Ecke. Er sprach mit niemandem und lächelte auch niemanden an. Sein Mund blieb ernst und fest geschlossen. Er zeigte mit dem Finger auf den Wein, den er trinken wollte. Das Geld dafür legte er stumm auf den Tisch.

Der Wirt hatte eine schöne Tochter. Die half ihm in der Gaststube. Sie hatte blonde Haare und blaue Augen. Ihr Name war Rosa.

Der Graf ließ Rosa nicht aus den Augen. Wenn sie ihm seinen Wein brachte, legte er seine kalte Hand auf ihre warme. Dann

bekam das Mädchen jedesmal eine Gänsehaut.

Eines Abends kam der Graf später als sonst. Er setzte sich in seine dunkle Ecke und winkte dem Wirt. Dann warf er einen schweren Beutel Gold auf den Tisch und zeigte auf Rosa.

Der Wirt erschrak. Er fragte: „Wollt Ihr meine Tochter haben? Wollt Ihr mir Gold für sie geben?“

Der Graf nickte.
„Wollt Ihr sie mit auf Euer Schloß nehmen?“ fragte der Wirt.
Wieder nickte der Graf. Dabei zog er einen goldenen Ring aus der Tasche.
„Wollt Ihr sie heiraten?“ fragte der Wirt.
Da nickte der Graf zum drittenmal.
Der Wirt nahm das Gold und rief seine Tochter. Der Graf steckte ihr den Ring an den Finger.
Rosa war keine glückliche Braut. Sie fürchtete sich vor ihrem stummen, ernsten Bräutigam. Sie hätte viel lieber einen hübschen jungen Dorfburschen geheiratet.
Sie fragte den Grafen: „Wann soll denn die Hochzeit sein?“
Der Graf hob drei Finger in die Höhe.
„In drei Monaten?“ fragte Rosa.
Der Graf schüttelte den Kopf.
„In drei Wochen?“ fragte Rosa.
Wieder schüttelte der Graf den Kopf.
„In drei Tagen?“ fragte Rosa.
Da nickte der Graf.
Rosa ging in ihre Kammer und schloß

sich ein. Erst am dritten Tag kam sie wieder heraus und lief in die Küche. Dort backte sie einen Apfelkuchen.

Am Abend fuhr der Graf mit Pferd und Wagen vor das Wirtshaus. Er wollte seine Braut abholen. Rosa ging ihm zitternd entgegen.

Sie fragte: „Hast du mich denn überhaupt lieb?“

Der Graf nickte. Seine Augen glühten.

Sie sagte: „So lach mich doch ein einziges Mal an.“

Der Graf verzog seinen Mund zu einem Lächeln, aber seine Lippen blieben geschlossen.

Rosa ergriff ihn am Arm und zog ihn auf eine Bank. Dann lief sie in die Küche und holte den Apfelkuchen. Sie sagte: „Wir wollen zusammen essen, ehe ich mit dir gehe.“

Der Graf sah sie finster an, aber er konnte ihr diese Bitte nicht abschlagen.

Rosa deckte den Tisch und legte jedem ein Stück Kuchen auf den Teller. Dann sagte sie: „Laß es dir schmecken!“

Der Graf langte zu. Da schrie Rosa laut auf.

Alle Leute in der Gaststube blickten zu ihnen herüber. Und alle sahen sie die beiden schrecklichen Eckzähne im Mund des Grafen.

„Er ist ein Vampir!“ rief Rosa. „Oh, laßt es nicht zu, daß er mich mitnimmt!“

Der Graf sprang auf und stürzte hinaus in die Nacht. Die andern drängten ihm nach. Sie versuchten vergeblich, ihn zu ergreifen.

Schon saß er auf dem Kutschbock und gab seinem Pferd die Peitsche. Es stob mit dem Wagen davon.

Am nächsten Morgen durchsuchten ein paar mutige Männer das Schloß. Aber den Grafen fanden sie nicht. Auch Pferd und Wagen waren verschwunden. Im Keller stießen die Männer auf einen verstaubten Sarg. Doch der war leer.

Das fremde Kind

Isa hatte Geburtstag. Sie wurde acht Jahre. Auf ihrem Gabentisch lagen schöne Geschenke. In der Mitte saß eine neue Puppe. So eine hatte sich Isa schon lange gewünscht. Ein Buch war auch da: *Dracula, der König der Vampire.* Isa las gern unheimliche Geschichten.

Tante Sabine hatte ein Päckchen geschickt. Tante Sabine war Isas Patentante. Neugierig packte Isa das Geschenk aus. In einem hübschen Kästchen lag auf weißer Watte ein kleines silbernes Kreuz. Es hing an einer feinen Silberkette. In der Mitte blitzte ein grüner Stein.

„Oh, wie schön!" rief Isa. Aber sie legte das Kettchen noch nicht um. Alle

Geschenke sollten erst noch auf dem Gabentisch liegenbleiben.

Für den Nachmittag hatte Isa acht Kinder aus ihrer Klasse eingeladen.

Die Geburtstagsfeier fand im Garten statt. Es war ein schöner Sommertag. Zuerst gab es Kakao und Kuchen. Danach machten sie viele Spiele. Alle waren sehr lustig.

Als es dunkel wurde, brachte die Mutter das Abendbrot.

Es gab Kartoffelsalat mit Würstchen, dazu viel Limonade. Zwischen den Bäumen schaukelten jetzt bunte Lampions. „Aaah!“ machten alle.

„Es ist ein schöner Geburtstag!“ dachte Isa. Zufällig streifte ihr Blick den Gartenzaun. Da stand ein fremdes Kind und sah sehnsüchtig herüber. Es trug einen weiten schwarzen Umhang. Weder Arme noch Beine waren zu sehen. War es ein Junge oder ein Mädchen? Isa wußte es nicht. Aber das Kind mußte ungefähr so alt sein wie sie.

„Schau nur, da ist noch ein Besuch

gekommen“, sagte die Mutter. „Ist es ein Kind aus deiner Klasse?“

„Nein“, antwortete Isa, „ich kenne es gar nicht.“

„Aber es will dir bestimmt gratulieren“, meinte die Mutter. „Hol es doch herein! Es kann mit euch Abendbrot essen.“

Da lief Isa zum Gartenzaun.

„Bist du zu meinem Geburtstag gekommen?“ fragte sie.

Das Kind nickte. Es hatte ein feines blasses Gesicht mit dunklen Augen. Die glatten schwarzen Haare fielen bis auf den Kragen.

„Ich habe dir etwas mitgebracht“, sagte das fremde Kind und streckte ein weißes Händchen aus dem Umhang.

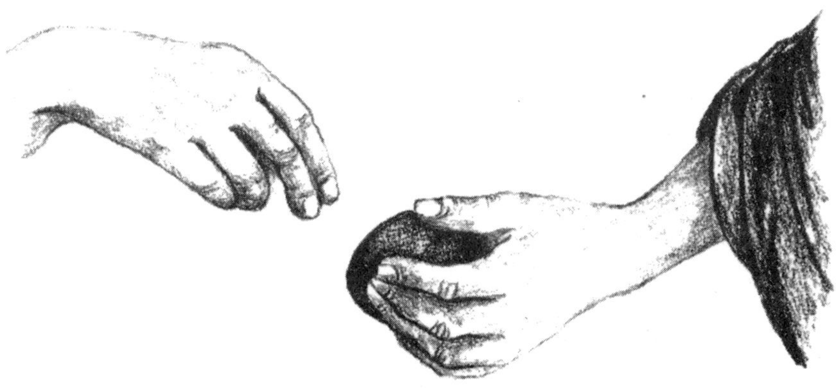

Isa nahm das Geschenk. Es war ein glatter schwarzer Stein, etwa so groß wie ein Ei.

„Es ist ein Glücksstein", sagte das Kind. „Du mußt ihn Tag und Nacht bei dir tragen."

Isa öffnete das Gartentor. „Wie heißt du?" fragte sie.

„Culadra", antwortete das Kind.

Das klang merkwürdig. Sicher war es ein ausländischer Name.

Die andern Kinder rückten zusammen. Culadra setzte sich neben Isa. Den Stein legte die Mutter zu den übrigen Geschenken. Er fühlte sich warm an und strömte einen eigenartigen Geruch aus.

„Du meine Güte!" sagte die Mutter leise zum Vater. „Er sieht fast aus wie eine Ratte."

Die Eltern gingen ins Haus und ließen die Kinder allein. Vorher hatten alle gelacht und geschwatzt. Jetzt waren sie seltsam still. Culadra saß so dicht neben Isa, daß es schon unangenehm war. Der schwarze Umhang roch nach Mottenpulver.

Nach dem Abendbrot spielten die Kinder Verstecken. Culadra mußte suchen. Isa schlüpfte in die Lücke zwischen Gartenschuppen und Fliederbaum. Sie machte sich so klein wie möglich. Aber schon fühlte sie ein kaltes Händchen im Nacken.

„Jetzt hab ich dich!“ sagte Culadra, und Isa erschrak.Culadras Gesicht war dicht über ihr. Die Nase schnüffelte wie die eines Hundes. Die Zähne blitzten im Mondlicht. Irgend etwas war nicht in Ordnung damit.

Isa schrie laut auf und riß sich los. Sie rannte auf die Lampions zu, Culadra hinter ihr her.

Isa lief zum Gabentisch. Sie wußte eigentlich gar nicht, warum. Nur einen Augenblick zögerte sie. Dann griff sie mit zitternden Fingern nach dem Silberkettchen mit dem Kreuz daran. Blitzschnell streifte sie es über den Kopf. Sie drehte sich um.

Culadra wich zurück. Culadra fauchte wie eine wütende Katze. Culadra bedeckte das

Gesicht mit beiden Händen. Culadra floh.

Voller Ekel ergriff Isa den schwarzen Stein und warf ihn hinterher. Man hörte keinen Aufschlag.

Die andern Kinder und Isas Eltern kamen gelaufen.

„Culadra ist fort!“ sagte Isa. „Ich weiß jetzt, was der seltsame Name bedeutet. Wenn man die Silben vertauscht, wird DRACULA daraus.“

Finettchen Fledermaus

Auf dem Dachboden des alten Schulhauses wohnte Familie Fledermaus: Vater und Mutter mit ihren fünf Kindern. Das jüngste Kind hieß Finettchen und war ein keckes Ding.

Die sieben Fledermäuse fühlten sich da oben sehr wohl. Sie liebten das alte Gerümpel, das überall herumlag. Sie liebten auch Staub, Schimmel und Spinnweben. Davon gab es mehr als genug.

Tagsüber hingen alle mit den Köpfen nach unten an einer alten Gardinenstange und schliefen. Nachts flogen sie durch ein

zerbrochenes Fenster hinaus. Dann flatterten sie stundenlang um die Türme von Kirche und Rathaus. Sie hatten viel Spaß dabei, und sie konnten gar nicht genug davon kriegen.

In einer schönen Mondnacht sagte der Vater: „Heute wollen wir zur alten Burg hinüberfliegen. Alle Fenster sind erleuchtet. Mir scheint, da ist etwas los."

„Hoffentlich wird es den Kindern nicht zuviel", meinte die Mutter.

„O nein, es wird uns bestimmt nicht zuviel", schrien die Kinder.

Die Burg hatte mehrere Türme. Um die konnte man herrlich herumflattern. Und

überhaupt wollten sie gern einmal etwas Neues sehen.

Besonders Finettchen hatte große Lust auf ein Abenteuer. Sie schrie am allerlautesten, und sie flatterte allen voran.

Zuerst kreisten die sieben Fledermäuse eine Weile um die Türme der Burg. Die waren sehr hoch. Man bekam ordentlich Herzklopfen dabei.

Dann hängten sie sich zum Verschnaufen an eine Fahnenstange. Von da aus konnte man alles sehen, was in der Burg vor sich ging.

Überall brannten Kerzen. Vornehme Damen und Herren gingen Arm in Arm auf und ab. Die Damen trugen schöne bunte Ballkleider, die Herren feine schwarze Anzüge.

Auf einer Empore saßen vier Musikanten und spielten zum Tanz auf.

„Oh, wie schön!" rief Finettchen. „Auf so ein Fest möchte ich auch einmal gehen. Das müßte herrlich sein."

„Aber nicht lange", sagte der Vater. „Schau nur, was die feinen Leute für Zähne haben. Es sind lauter Vampire!"

„Vampire sind nett", behauptete Finettchen. „Irgendwie sind sie mit uns verwandt. Schließlich können sich Vampire in Fledermäuse verwandeln."

„Ja, aber Fledermäuse nicht in Vampire", sagte die Mutter. „Höchstens, wenn sie gebissen werden."

„Ich glaube nicht, daß sie mich beißen würden", meinte Finettchen.

„Darauf möchte ich es nicht ankommen lassen", sagte der Vater. „So, nun wird noch ein Stündchen geflattert, und dann ab nach Hause!"

Eine Stunde später machte sich Familie Fledermaus auf den Heimweg. Aber nur sechs von ihnen kamen auf dem Dachboden an. Finettchen fehlte.

Finettchen war nämlich auf halbem Weg heimlich umgekehrt und zur alten Burg zurückgeflogen. Sie zögerte nicht lange, sondern schlüpfte durch ein angelehntes Fenster hinein.

Eine Weile saß sie unbemerkt auf der Fensterbank. Dann näherte sich ein weißhaariger alter Herr und fragte nicht unfreundlich: „Was machst du denn da?"

„Ich schaue zu", antwortete die kleine Fledermaus. „Viel lieber möchte ich allerdings mittanzen."

„So komm!" sagte der alte Herr. „Ich bin der Gastgeber und lade dich ein."

„Das ist nett", antwortete Finettchen. „Ich kann allerdings gar nicht tanzen."

„Du wirst es schon lernen", meinte er. „Aber nun nimm deine wahre Gestalt an!"

Finettchen tippte sich auf die Brust. „Dies ist meine wahre Gestalt“, sagte sie. „Ich bin nur eine Fledermaus und sonst gar nichts.“

Der alte Herr lachte, daß seine spitzen Eckzähne blitzten. „Soso, sonst gar nichts. Na, dann komm mit!“ Da flatterte Finettchen hinter ihm her.

Die Vampire waren sehr groß, und Finettchen war sehr klein. Aber das machte nichts aus. Sie tanzten Polonäse. Der Gastgeber und die Fledermaus führten sie an.

Als der Morgen graute, war Finettchen noch längst nicht müde. Doch der alte Vampir gähnte und sprach: „Ich werde dich jetzt nach Hause bringen. Ehe die Sonne aufgeht, muß ich wieder zurück sein.“

Er sprang behende auf die Fensterbrüstung. Als seine Füße die Mauer berührten, verwandelte er sich in eine riesige Fledermaus. Finettchen lachte. Dann flogen die beiden Seite an Seite ins Dorf hinab.

Finettchens Eltern standen am Fenster

und blickten sorgenvoll in die Nacht. Sie waren sehr froh, als sie ihr jüngstes Kind wiederhatten.

„Aber nun marsch an die Gardinenstange!“ sagte der Vater. „Wo hast du dich nur herumgetrieben?“

„Ich habe die Kleine im Wald aufgelesen“, erklärte der alte Vampir. Aber er gab sich nicht als solcher zu erkennen. „Sie war wohl müde vom Fliegen. Ich habe sie nach Hause gebracht, damit sie nicht irgendwelchem Nachtgesindel in die Hände fällt.“

„Zu liebenswürdig!“ sagte der Vater. „Sind wir übrigens miteinander verwandt?“

„Höchstens sehr, sehr entfernt“, antwortete der alte Vampir. Dann schwang er sich hoch in die Luft. Finettchen hing schon an der Gardinenstange. „Er hat mich gar nicht gebissen!“ murmelte sie zufrieden.

„Das wollte ich ihm auch geraten haben!“ sagte der Vater.

Nebenan

Sascha war mit seinen Eltern in eine neue Wohnung gezogen. Das Haus lag im Grünen am Rande der Stadt. Es wohnten fünf Familien darin. Alle Leute waren sehr nett.

Nur der Nachbar von nebenan ließ sich nicht sehen. Die Rolläden vor seinen Fenstern wurden nie hochgezogen.

Sascha war das egal. Der Nachbar hatte sowieso keine Kinder.

„Es ist ein alleinstehender Herr“, hatte der Hauswirt erklärt. „Er macht keinen Lärm und bezahlt regelmäßig seine Miete. Sonst weiß ich nichts über ihn.“

Sascha hatte ein schönes Zimmer mit Balkon zum Garten. Er lebte sich rasch ein.

Eines Abends las er noch spät in einem Gespensterbuch. Eigentlich hätte er längst schlafen sollen. Aber die Geschichte war gerade so spannend.

Plötzlich hörte er, wie in der Wohnung nebenan die Rolläden hochgezogen wurden. Gleich darauf quietschte die Balkontür.

Neugierig stand Sascha auf. Er zog seine eigenen Rolläden so weit hoch, daß er hindurchspähen konnte. Er brauchte nicht lange zu warten.

Auf dem Balkon nebenan erschien eine dunkle Gestalt. Sie schwang sich auf die Brüstung und blieb einen Augenblick mit ausgebreiteten Armen dort stehen. Ein schwarzer Umhang fiel schwer von den Schultern.

Sascha überlief es eiskalt. Die dunkle Gestalt flog davon! Wie ein großer Vogel flatterte sie über den Garten, stieg höher und höher, dem Mond entgegen. Bald war sie nur noch ein Schatten vor seiner vollen, runden Scheibe. Es war der Schatten einer Fledermaus.

Am nächsten Tag ging Sascha in den Supermarkt und kaufte eine lange Girlande Knoblauch. Mindestens zwanzig Zwiebeln hingen daran.

„Du meine Güte!“ sagte das Fräulein an der Kasse. „Was willst du denn damit?“

„Meine Mutter braucht eben soviel“, antwortete Sascha und stopfte die Girlande in eine Plastiktüte.

Zu Hause versteckte er sie unter seinem Bett. Als die Mutter ihm gute Nacht sagte, hob sie schnuppernd die Nase.

„Es riecht hier so komisch. Wir wollen lieber frische Luft hereinlassen.“

„Ja, mach das Fenster weit auf“, sagte

Sascha. „Und laß die Rolläden oben. Ich habe den Nachtwind so gern."

Als die Mutter fort war, las er wieder in seinem Gespensterbuch. Sein Herz klopfte laut vor Spannung, aber nicht nur wegen der Geschichte.

Endlich hörte er, wie nebenan die Rolläden hochgezogen wurden. Er schlüpfte aus dem Bett und versteckte sich hinter dem Vorhang. Bald darauf trat nebenan wieder die dunkle Gestalt auf den Balkon, breitete die Arme aus und flog dem Mond entgegen.

Da holte Sascha geschwind den Knoblauch unter seinem Bett hervor und trat damit in die frische Nachtluft hinaus. Vom Balkon kletterte er auf den von nebenan. Das war nicht schwer.

Mit einem Stück Schnur befestigte er den Knoblauch am Griff des geöffneten Fensters. Dann kletterte er leise wieder zurück. Er schloß seine Rolläden ganz fest.

Im Morgengrauen erwachte er von einem schrecklichen Schrei. Nebenan klirrte eine

Fensterscheibe. Dann wurden die Rolläden rasselnd heruntergelassen.

Als Sascha am nächsten Abend mit seinen Eltern bei Bratkartoffeln und Butterbrot saß, hörten sie, wie nebenan die

Wohnungstür geöffnet wurde, gleich darauf unten die Haustür.

Sie traten ans Fenster und sahen auf die Straße. Dort stand ein Planwagen mit Kutscher und Pferd. Zwei Männer schleppten eben eine schwere Truhe aus dem Haus.

„Huuh!“ machte die Mutter. „Das sieht ja aus wie ein Sarg!“

„Mir scheint, unser Nachbar zieht aus“, sagte der Vater. „Warum nur so spät am Abend?“

„Gut, daß er weg ist!“ meinte Sascha und machte sich mit Genuß über seine Bratkartoffeln her.

Für Leseanfänger
Leselöwen-Geschichten

Baumann, Leselöwen-Kasperlgeschichten
Baumann, Leselöwen-Spaßgeschichten
Block, Leselöwen-Bibelgeschichten (A. T.)
Block, Leselöwen-Bibelgeschichten (N. T.)
Block, Leselöwen-Kindergebete
Ecke, Leselöwen-Mäusegeschichten
Gärtner, Leselöwen-ABC-Geschichten
Gärtner, Leselöwen-Kinderwitze 1
Gärtner, Leselöwen-Kinderwitze 2
Guggenmos, Leselöwen-Rätselgeschichten
Hageni, Leselöwen-Räubergeschichten
Heuck, Leselöwen-Eselgeschichten
Heuck, Leselöwen-Ponygeschichten
Heyne, Leselöwen-Sandmännchengeschichten
Heyst, Leselöwen-Zoogeschichten
Jannausch, Leselöwen-Gruselgeschichten
Jannausch, Leselöwen-Gutenachtgeschichten
Jannausch, Leselöwen-Nikolausgeschichten
Jannausch, Leselöwen-Wichtelgeschichten
König, Leselöwen-Höhlengeschichten
Korschunow, Leselöwen-Autogeschichten

Für Leselöwen
★ Loewes-Bücher ★